南方北方和远方

黄星辉／著

南方日報出版社
NANFANG DAILY PRESS
中国·广州

图书在版编目（CIP）数据

南方、北方和远方 / 黄星辉著. — 广州：南方日报出版社，2022.4
ISBN 978-7-5491-2523-4

Ⅰ. ①南… Ⅱ. ①黄… Ⅲ. ①诗集－中国－当代②散文集－中国－当代 Ⅳ. ①I217.2

中国版本图书馆CIP数据核字（2022）第044744号

NANFANG BEIFANG HE YUANFANG
南方、北方和远方

著　　者：黄星辉
出版发行：南方日报出版社
地　　址：广州市广州大道中289号
出 版 人：周山丹
出版统筹：谭庭浩
责任编辑：陈　焱
装帧设计：邓晓童
责任校对：裴晓倩
责任技编：王　兰
经　　销：全国新华书店
印　　刷：广州市岭美文化科技有限公司
开　　本：889mm × 1194mm　1/32
印　　张：5.875
字　　数：75千字
版　　次：2022年4月第1版
印　　次：2022年4月第1次印刷
定　　价：48.00元

投稿热线：（020）87360640　　读者热线：（020）87363865

序　言

又见一片星辉

◎程学源

我与星辉相识在三十多年前的深圳。

二十世纪八十年代末九十年代初的深圳，到处都是热火朝天、蓬勃建设的景象。

初见星辉，瘦削高大的他，眉宇间透着英气，一副挺拔干练的模样，令人印象深刻。

那时我俩都刚到深圳市委工作，他刚从部队转业到地方，在市委办公厅任市委常委会的秘书，市领导的活动安排等工作他也承担了不少。工作中，我经常读到他起草的会议纪要、工作报告等公文，行文严谨，逻辑缜密，精炼务实；工作之余，也时常在《深圳特区报》和《特区文学》等报刊上读到他发表的诗歌和散文作品，无不文字朴实，情感真挚，清新隽永。

同属来自粤东北地区的我俩，也算是一对“小老乡”，因了这份缘由，多了许多亲切。我们在一起时，聊理想、聊生活、聊诗歌，那些个意气方遒、坐而论道的场景，回想起来，总是不觉莞尔。那基于相同性情和相互欣赏而建立的纯洁“发小”友谊，也一直延续至今。

后来，我们都离开了深圳市委。星辉辞去了体制内的工作，踏着改革开放的春潮，到商海中去打拼奋斗了；我也先后转到了一个个新的工作岗位，在“赶考”路上爬坡过坎，在追求美好生活的道路上星夜兼程。

时间流逝如白驹过隙，斗转星移间，我俩已过了知天命的年纪。现在的星辉，尽管早已不再为生计而披星戴月、案牍劳形，早已过上了得闲时可以打打高尔夫、抽抽雪茄的有品位的生活，但年轻的诗心仍在，诗性仍在。时代大潮的波澜起落、生活中的点点滴滴、人生和商海经历过的沟沟坎坎，往往又一次次激起他写作的冲动，让他诗兴勃发、笔耕不辍。直到有一天，星辉将自己的诗作整理成册，用微信发给了我，使我得以有幸第一时间较为完整地读到他的作品，感受他诗中的美好意境，感悟他创作当刻的心境。付梓之际，他嘱我为他作一篇序。于是，我将他的作品捧卷重读，再次细细品咂思忖，不得不说，每读一次，体悟就更深一步，共鸣有增，收获有加。

在他的诗里，找不到刻意堆砌的华丽辞藻、故弄玄虚的艰涩意象，找不到“为赋新词强说愁”的无病呻吟，看到的尽是充满生活气息的真情实感。他用独特而锐利的眼光去捕捉生活中普普通通的事物，用朴素却饱含深情的语言呈现给读者，大至太阳、山海、台风，小如雏鸟、烟斗、蜗牛，贴近生活、融入生活，又高于生活。“回到家中又看见了秋葵花开放/一只雏鸟飞落在中庭花园的鱼池旁/一张小嘴稚嫩金黄/一双羽毛细细的翅膀/慌慌张张还没有力量/怎么飞也飞不上楼顶/无奈落在了三楼的窗台上/一双明亮的眼睛充满了惊慌/太阳照在它的身上/风和日丽/羽毛闪着亮光”（《和鸟儿一起歌唱》）；“海风/清凉/变得不那么疯狂/海浪/沙哑着/一浪小过一浪/夜色/肆无忌惮地/撩人荡漾/茶水/静静地沁出酊汤/溢出淡淡的清香”（《无题》）；“他只是/静静地坐在田埂上/一支烟/一头牛/一片金黄/天空中挂着明晃晃的太阳/照在他的草帽上/徐徐的风吹过他的脸庞/他纹丝不动/没有丝毫的荡漾/他的心中只有那头牛/和他身后的村庄”（《牧牛人》）……诸如此类，不胜枚举。

记得古人有言：高手不从时尚体，好诗只说眼边情。星辉可谓得其真传了。一个个平凡普通的生活场景，被诗人情真意切地娓娓道来，将画面层层推送到我们眼前，犹如一幅幅油画，悠扬、美好、温馨。在诗人眼里，它们都是一处处小小的、让人温暖的光芒，正如诗人自白的那样，“生命中某些珍贵的片刻，其实都来自一些微不足道的小事，譬如说你的影子，它只是你生活里的一个影子，或长或短，或左或右，或前或后，却在你的生活中占据很重要的地位，它与你的生命须臾不离，即使你一个人在广袤的旷野里独行奔跑，它都会陪伴着你呼吸跳动，在你的心里燃起生命的小小光芒，让你无时无刻都无法忘怀……”（《生日自说自话》）

他的诗里，充满了向上的、乐观的、蓬勃的意象，给人的感觉是明亮的、温暖的。写夕阳，不见“只是近黄昏”的感叹和英雄易老、美人迟暮的惆怅，而是“我愿意相信/你就是一只火红的凤凰/狂舞在苍穹之上/炫耀出万丈光芒/我愿意相信/你就是一条彤红的锦鲤/奔腾在苍茫之海/抛洒满天的吉祥”（《苍穹之上》），从这些诗句当中，读者很容易体会到什么是心灵的纯净和宽厚。诗人对大自然给予的普遍启示，总保留一种平和的感恩之心予以回馈。甚至于写那爬行在干燥水泥路上即将耗干体液的蜗牛，也是“它是用生命在寻找快乐的方向/它是用生命在寻找的路上歌唱”（《一只蜗牛》）。诗人没有为鱼儿七秒的记忆感到哀伤，而是为它们感到幸福，“有人说鱼的记忆只有七秒/或许这七秒/就足够它们快乐地呼吸、觅食、发情、产卵、繁衍/下一个七秒/它们依然快乐地呼吸、觅食、发情、产卵、繁衍/而七秒和七秒之间/它们全然没有痛苦烦恼/更没有彷徨/它们唯一离不开水/它们在水中自由自在地游来游去/七秒或许就是它们的幸福永生”（《七秒钟的幸福》）。

在题为《折磨》的诗里，诗人将自己苦苦求学而未得所愿、向往爱情却互相伤害、心怀理想却被现实扑灭等苦楚，真切地展示给我们，然后用豁达乐观的人生态度，将“苦难的修行和痛苦的折磨”化作力量，坚守终将面朝大海的信念，使人生得以升华和解脱。在题为《选择》的诗里，诗人更是直白地写道，“你无法摆脱黑暗/但是你可以在心里点亮一盏明灯/在黑暗中看得见自己孤苦的身影/犹如飞驰的骏马驮着冷雨黑夜/在旷野中狂奔/让风托起灵魂/四蹄溅花风雨兼程/踏响往事的琴声/跨过黑暗烦扰的泥坑/踏破夜空/冲出黑暗迎接黎明/向朝阳鞠躬”。蓬勃向上的意象，体现了诗人永葆乐观昂扬、充满希望的人生态度。这可能也是二十世纪八九十年代的深圳留给我们这代人的一份宝贵的财富吧。

星辉的诗文有着结实的人间悲欢离合，纵然他的人生经验疆界在不断地走向辽阔和幽深，依然可以看到诗人有颗敏锐善感的心，琐细的生活里透着烟火气。如《我的同学佐藤武志》，叙述他与佐藤武志的那份交情和他乡遇故知的那份欣喜与牵挂。结尾处写道：“到了机场，四十年的同窗兄弟再留一张惜别的合影，青春年少的那个身影又一次浮现脑海跃然心中，安检闸口里外两只手不停地挥动，不忍离别，双眼泪雨朦胧。”不动声色地渗透和缠绕着那种伤怀、不舍、相连与相离……四十年的交情，在中日两国间的四次见面，见证了同窗之间情越长越化不开的柔软内心。很多时候，我们以为来日方长，现实的光景更多的是见一面少一面的无奈，也许世间最好的默契不是有人懂你所有的言外之意，而是有人心疼你所有的欲言又止，就像他与佐藤武志离别时的画面一样：道一声珍重，从此各安天涯。

或许是人生阅历的丰富，或许是经历过寒夜的微冷又沐浴过暖阳的人生境遇，我看到了诗人探寻人生意义的那份勇气与力量、豁达与通透。在忙碌而又充实的生活当中，他始终保持诗文表达的热情与抒写，不会因为生活的琐碎而忘记了对笔下每一段诗文的热爱。正如诗人在《选择》一诗中所写的那样："找寻遗忘的乡土/找寻残缺的记忆/找寻破碎的心灵"，敬畏而自审，谦和而自强，对星辉而言，就是讴歌这片倾注了他深沉情感的苍天厚土与这个美好的时代。

难能可贵的是，在他的诗里，我还看到了二十世纪八九十年代那种物质相对匮乏但充满机遇的时代景象，以及那个时代成长起来的一代人实干奋进的精神风貌。正如白居易所言，"文章合为时而著，歌诗合为事而作"，作为生在北大荒，又在南粤大地打拼的"南归雁"，星辉丰富的人生经历，本身就是一个时代的注脚，他的作品，也无不烙上这个时代的鲜明印记。北方与南方文化的交融，部队与地方的磨练，从机关到商界的打拼，从生活的践行到诗歌艺术的追求，都融解在星辉的诗文里。

在《梦见，一九七九，那个军马学堂》中，诗人“梦见了睡梦中紧急集合的哨子吹响了十公里武装越野一个个衣装凌乱丢盔弃甲的狼狈相/梦见了炊事班的厨房和墙上挂满饭盆袋子与饭堂饭桌上的高粱米饭和没有油星的白菜汤/梦见了八〇年的夏天在学校农场从早上六点到中午十二点铲了半天玉米地吃了十二个包子撑得无法动弹手里还拿着四个包子躺在大树下的雨衣上/梦见了冬天的寒夜里背着冰刀翻过铁丝网的院墙偷偷地溜进滑冰场/梦见了西安大路沙土地的足球场上尘土飞扬/梦见了同样是沙土地的排球场上你争我抢”……寥寥数语，将那个年代里军校大学生枯燥艰苦却苦中有乐的生活生动地描绘出来，令人忍俊不禁又感同身受。

在序诗《爷爷的南方，爸爸的北方，你们的

太平洋……》中，诗人写出了三代人不同的时空和心理方位，父辈——“为了建设富强的新中国/爷爷从南粤第一学府毕业/就踏上了征程/远离了南方的家乡/他翻过粤北的群山/跨过长江/越过黄河/穿过山海关/去到他做梦都不曾见过的/举目四望尽荒凉/蓝天黑土的北大荒”，自己——“爸爸完成学业/追随着爷爷的脚步/也来到了从小就向往/却从未见过的南方”，女儿——“你们的营养不再来自大豆高粱/你们的喜怒哀乐靠的是互联网/你们在Wi-Fi中成长/中西最优秀的文化/是你们的精神食粮/你们的眼光不再狭窄/你们放眼的是宽广的太平洋”……在诗人眼中，北方、南方、太平洋早已经融为一体了，三代人的经历，是跨越了时间、地域、国界的情感，正如诗中所说：“我们有我们的主场/你们有你们的远方”。从父辈背井离乡建设北疆，到吾侪将青春和激情挥洒在特区的大街小巷、见证特区乃至国家的崛起，再到后辈可以享受现代科技带来的便利，不以山海为远，用全球的视野拥抱这个崭新的时代，这个充满机遇和挑战的时代。北方、南方、太平洋，已经不仅仅是地理领域的时空变换，而是诗人心中最重要的心理方位、人生经验和情感寄托，更是国家发展进步历程中一代又一代人成长、奋进的时空写照。星辉和我，以及我们的父辈子辈乃至孙辈，我们每一个人都有幸是这个伟大时代的见证者、参与者，更应是这个伟大时代的奋进者。

写至此，夜已深。我抬头望了望窗外的夜色，北京宁静的秋夜里，行人寥寥，匆匆忙忙，唯有灯火和星汉，阑珊可亲，如诗温暖，照亮着稀松枝杈掩映下的街道。

人生已半百，回首来路，仿佛又见三十多年前拼搏在深圳大地上的年少的彼此，又见那一片属于青春和诗歌的璀璨星辉。

时代如此美好，愿我们诗心永在，青春永在。

二〇二一年十一月二日

序　诗

爷爷的南方，爸爸的北方，你们的太平洋……

——致女儿的成人礼

三年前，大女儿年满十八岁离开母校深圳外国语学校去美国求学的时候，我就准备为她写点什么以示纪念，但由于种种原因没有成文，一直有些遗憾。今天，借深圳外国语学校给即将年满十八岁、同样即将去美国求学的小女儿举行成人礼的机会，为两个女儿赋诗一首，以此抒发为人父母的感怀及对女儿未来成长的希望。

爷爷的家乡在南方
他却大半辈子漂泊在北方

尽管他满腹经纶
却满腔惆怅
因为那个久远的年代
刚刚结束战争的新中国
充满了贫困和动荡

为了建设富强的新中国
爷爷从南粤第一学府毕业
就踏上了征程
远离了南方的家乡
他翻过粤北的群山
跨过长江
越过黄河
穿过山海关
去到他做梦都不曾见过的
举目四望尽荒凉
蓝天黑土的北大荒
因此
爸爸出生在北方

小时候
每当天高云淡
麦子金黄
秋高气爽
成群的大雁
就会排成一行一行
飞向南方

这个时候
爷爷就会拉着爸爸的小手
仰望着天空
喃喃地说：
爸爸的家乡也在南方
那里没有冬天
四季温暖如春
湿润的空气有海的味道
因为那里有南海
紧连着太平洋

每当这个时候
爷爷的眼里总是含着泪水
因为他在思念着自己的家乡
……
所以
爸爸虽然出生在北方
心里却记得爷爷的话
我们的家乡在南方
因为爷爷的家乡在南方

南方不仅是爷爷的思念
也是爸爸的向往

有一天
邓爷爷在你们出生的地方
画了一个圈
深圳就成为了世界的焦点
改革的春风
也从南方吹到了北方

爸爸步入了大学的殿堂
实现了爷爷的愿望
爷爷也终于回到了
他日夜思念的南方
回到了南粤广东
这块生他养育他成长的地方
这里花红柳绿莺飞草长
这里紧连着太平洋

后来
爸爸完成学业
追随着爷爷的脚步
也来到了从小就向往
却从未见过的南方

然而
这里气候炎热
夜短昼长

听不懂的粤语
吃不惯的粤菜
一时间
阻碍了年轻的爸爸和人们的交往
那时候
爸爸开始思念遥远的北方
每当看见南归的大雁
爸爸就会想起
白雪皑皑银装素裹的北方
爸爸忘不了
童年一起长大的伙伴
忘不了那里的大豆高粱

所以
当你们呱呱落地
牙牙学语
爸爸就迫不及待地
带着你们
像当年爷爷一样

飞过南粤群山
飞过长江黄河山海关
带你们去看漫天飞舞的大雪
带你们去看千里冰封的松花江
告诉你们
爷爷的故乡在南方
爸爸的故乡在北方
希望你们记住
一代人有一代人对根的守望

光阴荏苒
岁月如梭
当你们告别童年
步入青春岁月
爸爸看见
你们的眼睛里
放射出来的是时代的光芒
这一刻
爸爸知道

你们长大了

我们有我们的主场
你们有你们的远方

你们的心中
不再纠结
爷爷和爸爸的南方和北方
你们锦衣玉食
你们香车代步
你们吃着汉堡薯条
你们的营养不再来自大豆高粱
你们的喜怒哀乐靠的是互联网
你们在Wi-Fi中成长
中西最优秀的文化
是你们的精神食粮
你们的眼光不再狭窄
你们放眼的是宽广的太平洋
时代让你们成为宠儿

科技为你们插上翅膀
你们在自由的世界翱翔
你们不再局限三山五岳黄河长江
你们游走于纽约、巴黎、东京、伦敦
世界上任何一个你们想去的地方……

你们在美国西海岸一号公路驰骋
观赏太平洋彼岸卡梅尔十七英里的惊涛骇浪
你们在法国卢瓦河谷驱车在卢浮宫驻足
寻找中世纪后期文艺复兴给人类带来的曙光
你们在硅谷小镇漫步
汲取微软谷歌等现代科技带给新时代的营养
你们选择波士顿马萨诸塞史密斯
选择芝加哥伊利诺伊香槟人工智能
实现自己人生的追求和梦想

亲爱的女儿啊
这些何尝不是爷爷和爸爸的愿望和梦想

序 诗

无论是在天堂里的爷爷
还是扎根南方的爸爸
我们
为你们骄傲
为你们祝福
为你们鼓掌

站在南方
回望北方
大漠孤烟上
长城万里长
从古到今
黄河、长江就像一根琴弦
弹奏着多少沧桑多少兴亡

爸爸希望
无论你们走到哪里
无论你们的英文名字是Karina
还是Mabel

你们都不应该忘记

你们的祖先是炎黄

你们都应该记住

爷爷的南方和爸爸的北方

你们的姓氏永远是李王张刘陈杨赵黄

百家姓中排行第八位

一个大写的“黄”

目录

南方

北方

远方

南方

深圳，你就是我的故乡

三十年前
我从遥远的北方
追随着父亲的脚步
来到了
这个叫深圳的地方
……
那时
低矮的民房
狭窄的街巷
满山的龙眼荔枝
遍地的稻谷花香

站在唯一的一条深南路上
东张西望
看不见车水马龙
听不见人声鼎沸
蓝天白云下
只听见风吹着树梢哗哗响
只感觉这条马路又宽又长
……
我每一次
站在沙井民主村的西海边
遥望着珠江口和伶仃洋
都会想起民族英雄文天祥
想起文天祥的《过零丁洋》
……
“惶恐滩头说惶恐，
零丁洋里叹零丁。
人生自古谁无死，
留取丹心照汗青！”
……

每一次
回顾你一千六百多年的历史
都像读这首诗一样
热血沸腾
荡气回肠
……
我没有在这里出生
却在这里成长
……
我登上过海上世界“明华”轮
拜读邓爷爷的题词
仿佛听得见
在一九八四年的一片质疑声中
这个伟人给了全世界一个最坚定的回响
我亲眼见证了
深圳证券交易所的诞生
深圳机场从通航到世界百强
我亲自参与了
接待邓小平第二次南方之行

在风景优美的仙湖植物园
在创造深圳历史的国贸大厦顶楼旋转餐厅
亲耳聆听过世纪伟人平实而伟大的声音
就是这个声音
今天的深圳
才有了如此的辉煌
……
我从来也不曾想过
你会变成今天这般模样
你早已不是当年的村庄
我已无法数清
你血管般丰满的街巷
和你神经节一样的楼房
它们纵横交错鳞次栉比直插云霄
它们蜿蜿蜒蜒通向遥远的远方
……
如今
你已成为世界级的殿堂
你不仅让中国精彩

你还让世界对你刮目向往

……

三十年来

我从来也不曾想过

我和你的情感会如此绵长

我无数次走过你的大街小巷

你的每一个角落

都留下过

我的青春激情汗水和彷徨

你每一盏街灯

都见证过

我的努力挣扎拼搏幸福痛苦忧伤

我的爱情和我的姑娘

……

我没有在这里出生

却在这里和你一起成长

……

深圳

你就是我的故乡！

送给自己的父亲节

点上一支心爱的雪茄
泡上一壶香醇的红茶
静静地坐在阳光下
自己跟自己说说心里话

白驹过隙一跨
半世纪的春秋冬夏
青春不再鲜肉封蜡
曾经的少年已生华发
年轮把英俊刻成版画

半生忙碌奔波
日子有苦有乐
父亲去了天堂
儿女已经长大
阅尽人间繁华
三千浮生若水
雨雪风霜悲欢离合
都不在话下

回首当年无忧无虑的童话
激情燃烧的岁月风吹雨打
万丈红尘早已烟消云下
想想那些英年早逝的伙伴
一起怀揣梦想却没能一起变老长大
潸潸然泪如雨下
那些爱恨情仇功名利禄
还有啥放不下

余生不长
平凡的日子有不平凡的活法
唯愿自己
眼眸里还有星辰
心中还有山海
手中有雪茄
杯中有美酒
能吃能睡
以梦为马
不负韶华
华发依然少年
快乐潇洒
活在当下

球场小感

湛蓝的天空
挂着一轮骄阳
树木依旧郁郁葱葱
草地有些泛黄
只有风吹过
穿着短袖的身体
收缩的毛孔
才感觉有些寒凉

12℃
冬天的南方……

有的鸟没飞
拍到啦
有的鸟没飞
抓到啦

天空净蓝
无云无雨
自然看不见彩虹
地上有青草有树林还有湖水
于是
遇见了湖水中的彩虹

彩虹
不一定挂在天上……

致太阳

当我看见你
从东方升起的时候
其实
你正从另一边的西方落下
当你
从我面前的西方落下
其实
你正从另一边的东方升起
当我
看见你的第一束光芒
从东方的地平线跃出的时候

其实
已经延迟了八分十九秒
那是因为你和我之间遥远的距离
即使光速每秒三十万公里
也足足要跑一亿五千万公里
你
那么遥远却如此亲近
那么耀眼却这般温暖
因为你
我身边有万物生长
因为你
万物有雨露滋润
因为你
我有空气可以呼吸
因为你
地球分成南北东西
因为你
我看清人间善恶
因为你

我看清黑暗光明
因为你
我看见江河湖海
因为你
我看见山川大地
你
是我心中的神灵
我从来不敢直视
却永远无法远离

随想

三天前
“百里嘉”和“山竹”还在遥远的太平洋
就已经在闽粤琼的大地上
刮起了十七级的风浪
号称本世纪的风王，史上最强
连续两天的网络
数亿人
充满了无限的遐想
也充满了恐慌
有人在飞机上拍到了
一颗大大的“山竹”

在浩瀚的云海热带气流漩涡中央，有模有样
有人预测
西半球弗吉尼亚“弗洛伦斯”形成的飓风
东半球南海飘荡的“百里嘉”和“山竹”
将把整个地球扫荡
美国的舰队在转港
菲律宾的叛军也趁机兴风作浪
中国的渔民在归航
从地方到中央，全民布防
天公仿佛也在彷徨
一会儿云海翻腾，一会儿阵雨洒洋

有人说
面对“山竹”
就像初恋的少女一样
怕他不来
又怕他乱来……
只不过，今天下午 “百里嘉”已掠过湛江
转瞬就到了越南南方

“山竹”也变成懒羊羊
登陆好像还没确定方向
大概可能降落在菲律宾
帮助杜特尔特平定叛乱
然后再去日本逛逛

真的应验了
一位朋友的玩笑：
它可能只是轻轻地摸摸你的脸
然后改变了方向……
只有美国东部弗吉尼亚州
几十万民众还在迁徙
数十艘军舰驶离了军港
特朗普政府誓死抵抗四级飓风的号角已经
　　吹响……
仰望天空，月牙高高地挂在天上，夜空闪着
　　星光……
此刻，弗吉尼亚已经天亮

致“山竹”

当你还在遥远的地方
我就在猜想你的模样
为何全世界都把你说成跟魔鬼一样
说你的威力无比
能够横扫海疆
经过大海
大海就会卷起滔天巨浪
掠过大地
大地颤抖山崩地裂
犹如野马脱缰

你的生辰
在九月七号二十点的晚上
在太平洋
那块最暖的暖池上
下面全方位无死角的海水
蓄积了无限的高能量
你在那里流连忘返
徘徊飘荡
充满了邪恶和疯狂
整个太平洋被你荡出了
汁多肉厚
浑圆饱满
山竹的模样

太平洋的这边
东方的这块土地上
露从那夜白
秋水转微凉
人们互相牵挂着

白露霜降
勿忘添衣裳

而你充满着邪恶
在黑暗交替太平洋上
悄悄飘荡
一路狂虐急速北上
摧枯拉朽般地疯狂扫荡
横扫了菲律宾
狂卷了吕宋岛
杀向了南海
杀向了中国的南疆
……
一瞬间
香港澳门
深圳珠海
海口湛江
……
“山竹”虐过的地方

顷刻间沦陷
钢筋混凝土的城市森林在摇晃
玻璃幕墙撕心裂肺地破碎飞扬
看似坚强无比的塔吊掉下了臂膀
海枯石烂天长地久的磐石被毁在海水中横躺
无数的房屋遭殃
海水灌进了酒店大堂
参天树木被连根拔起
横七竖八倒在街上
渔船被吹到海上
汽车爬上了汽车像积木一样
往日井井有条的城市
一片仓惶
……
这是一场噩梦般的扫荡
“山竹”
你留给了同胞兄弟姐妹们
一个世纪的难忘

尽管从城市到乡村
从地方到中央
万众一心
空前绝后地死守严防
但面对恶魔般的世纪风王
人类还是显得那么渺小
那么迷茫
……
当“山竹”远离
海水退去
香港的街头
满目疮痍
留下了堆积如山的白色垃圾
……
太阳重新升起
街头一片狼藉
人们在路上披荆斩棘
生存要更加努力
日子还要继续
……

“山竹”远去
留给我们需要重建的家园
是否也留给我们
更多值得深思的问题：
人类应该怎样对待环境
怎样对待下一个“山竹”
怎样对待人类自己

无题

告诉我们白昼所见和黑夜所梦
一个智者的思想无疑放射着光芒
非存在才是永恒的状态
我们在运动中挣扎
准备死亡
我们存在
不为任何人
不为任何事
我们存在
没有任何见证
并不存在时间之父

时间没有孩子
我们处于人群之中
自由自在
一边搂着死亡
一边相互亲吻
仿佛并不存在

选择

你无法摆脱地心的引力
但是你可以飞上天空
在天空中用忧伤的眼睛
透过或浓或淡的云雾
在山峦湖海的飘动中
让风托起灵魂
沿着水流的方向
找寻遗忘的乡土
找寻残缺的记忆
找寻破碎的心灵

你无法追逐光的速度
但是你可以让自己的心随着光飞行
用手轻轻地托住紧紧包裹着的灵魂
撕开外膜放飞心灵
透过光明看见浮在灵魂表面的尘埃
一片一片散落
在光明中看清自己灵魂的色彩
让心灵融入苍穹

你无法摆脱黑暗
但是你可以在心里点亮一盏明灯
在黑暗中看得见自己孤苦的身影
犹如飞驰的骏马驮着冷雨黑夜
在旷野中狂奔
让风托起灵魂
四蹄溅花风雨兼程
踏响往事的琴声
跨过黑暗烦扰的泥坑
踏破夜空

冲出黑暗迎接黎明
向朝阳鞠躬

你无法选择命运
但是你可以在生死之间选择淡定从容
凡夫俗子忙碌一生
无怪乎
春风得意马蹄轻
花开花落利禄功名
世态炎凉功成身退，门前冷落车马空
五谷杂粮相思成病
唯有忘却怅叹看淡人生
心才会永生

苦难辉煌

历史
就是这样

五十年前
在南昆山脉的嘉义庄
每一个弄堂都写满了毛主席语录
每家每户都挂着毛主席的画像
五十年的风吹雨打
当年的新房已变成破壁残垣
门口的谷场一片空旷
然而

这一切都丝毫无法遮挡
嘉义庄当年的辉煌

年迈的阿婆守着故乡
向游人兜售自己种的糜豆菜干花生蜜糖
日子过得清苦脸上依然笑容荡漾
他们用勤劳粗糙的双手养育了儿女
把秀水青山变成龙门农民画乡

有人说这里是一张名片
把乡土乡情乡愁张扬

其实
他们是在用生命
把自己的苦难歌唱

牧牛人

一个人
一头牛

青龙山下
荷花湖旁
风吹过湖水
吹起一片波浪
风吹过草场
吹出一片金黄

他静静地坐在田埂上
牛啃着草围绕在他的身旁
他看着牛和稻田里的金黄

青龙山就在他的对面
三生三世十里桃花就在青龙山的那一边
犹如桃花仙境
湖水泛着波浪
游人如织笑声爽朗
他只是
静静地坐在田埂上
一支烟
一头牛
一片金黄

天空中挂着明晃晃的太阳
照在他的草帽上
徐徐的风吹过他的脸庞
他纹丝不动

没有丝毫的荡漾

他的心中只有那头牛
和他身后的村庄

红土打油

浩渺宇宙大无限
人生唯有几万天
忙忙碌碌是何年
万千美景尽放眼
红土蓝天方寸间
快乐不过一支烟
踏遍山水似神仙
阅尽春色在人间
……

一只蜗牛

一只蜗牛
离开了沾满露水的草地
爬行在干燥的水泥路面上
太阳照耀着它的贝壳
贝壳和路面都有些发烫
它依然伸出长长的触角
用体液耗干的腹足艰难地蠕动

它是用生命在寻找快乐的方向
它是用生命在寻找的路上歌唱
而我又有什么理由

不在阳光下奔跑
而去害怕草地上的泥泞
弄脏了我的鞋子和衣裳
……

叩夕阳

凭栏远眺见长空
白云浮玉绽苍穹
随风飞荡九万里
千帆过尽自从容
阅遍人间万千事
温柔一笑已半生
琼楼玉宇皆是空
唯有一步一修行

折磨

人的一生充满波折
总是事与愿违受尽折磨
寒窗十年却不情愿地读了自己不喜欢的大学
浪漫的爱情总是吵吵闹闹不如人意留下许多
　　悲欢离合
相爱着的亲人们好话总是不会好好说
自己和自己最亲近的人互相伤害互相折磨
现实的冷水常常浇凉了年轻人的满腔热血
人生的路上总是努力太少欲望太多
人和人之间的真诚往往没有欺骗那么多

如果
人生可以重来
很多人都会说
决不会再让岁月蹉跎
一定要读自己喜欢的大学
一定要让自己的爱情充满笑语欢歌
一定要加倍努力让理想照亮现实的自我
一定要豁达开朗不带任何偏见不去计较那么多
一定要跟自己最亲近的亲人好好相处真情陪伴好话好说
决不让自己爱着的亲人受一点点折磨
……
如果，如果
可惜这个世界根本没有如果
即使人生重来一次
那些理想还会重新燃烧欲望还会那么多
那些激情还会再次荡漾感情还会受尽折磨
那些欲望依然还会膨胀而能实现的永远没有

　　那么多

……

或许

人生就是一场苦难的修行

人生就是一场痛苦的折磨

经历了苦难的修行和痛苦的折磨

就如同翻过了无数座高山趟过了无数条大河

最终面朝大海

你的精神才会得到升华

你的人生才会得到解脱

……

永远的烟斗

如同徒步，走过千山万水，走到一定程度人会累会乏。生而为人，活到一定年纪经历爱恨情仇心也会累会疲倦，朋友会越来越少，人就会油然而生一种孤独，怎么办？古人早已告诫我们要学会“慎独”，学会排解！怎么排解？静思、修心!

又有如佛堂里的一位高僧，念经礼佛的时候需要一炷香一只木鱼一样，这个时候凡夫俗子的我们就需要一支烟斗，装上一斗老草烟丝，文火点燃，慢慢地、静静地随着呼吸而品味，在烟雾缭绕中，让烦恼随着烟雾飘去，让心脑沉浸在烟草独有的大自然的清香之中，多巴胺随之分泌增加，快乐油然而生，心神得以安宁……

养斗用斗，又好像夫妻一场，年轻的时候充满激情因为新鲜，用久了成为一种习惯和陪伴，每次用完都要仔细用心地擦洗护理，上光打蜡，好好收藏，下次再用。

当然，不想麻烦，或者心神未洁、稍有浮躁，又有点闲钱，就抽雪茄吧！每一支都如一次跟情人的约会，那么清新亢奋、激情澎湃，只是成本控制却成了大问题，口袋里必须有足够的钱财，否则……

那么反过来抽香烟就成了纯粹的解决成瘾问题，就如饿了最快速的解决办法就是泡上一碗方便面，又好似心里空虚之时以酒浇愁，简单直接地解决刚需，用过的烟头随手就能扔掉。但快餐毕竟是快餐，久而久之对身心会造成伤害，而这种伤害又是不可逆转的，长此以往，恶性循环，容易呜呼哀哉！

所以，为了长命百岁，又要一解百年孤独，

做个快乐的大叔，还是一支烟斗的好，自家的东西用起来顺手，又经久耐用，越老越觉得珍惜，少年夫妻，老来伴嘛！

闲篇扯淡，图一乐乎！

仰望天空，能看到天堂吗？

二〇一一年一月二十九日的夜晚，是个冰冷的夜晚。

这天晚上，我的父亲在八十八岁耄耋之年走完了他坎坷不平的一生。

在他生命的最后几个小时，我一直紧紧地抓住他的手，就像小时候他牵着我的手一样，我很怕一松手就再也找不到他了，心里充满了惶恐……

那一刻，我没有一滴眼泪，大脑中一片空白，一只手牵着父亲冰冷的手，另一只手不停地抚摸着父亲宽大的额头，眼睛死死地盯着父亲的脸庞，我只想把他的样子深深地刻在我的脑海里……

然而，父亲在失去知觉几个小时后，他的手在我的手中慢慢地变得冰凉，在午夜彻底失去了身体的最后一丝温暖……

我知道，父亲和我此生永别了！

把父亲的遗体送到太平间安顿好，走出医院的时候已近凌晨，冷风拂面，夜空中一轮明月高挂，星光灿烂。

我抬头仰望星空，仿佛看到父亲正在去天堂的路上，月光和星光辉映，飘动的白云正陪伴着他在高高的天空中向我微笑……

那一刻，我泪流满面，我从未有过的对父亲的思念油然升起，我知道，这一生的父子缘分从此已尽，不会再见……那种撕心裂肺的感觉中夹杂着作为儿子对于父亲的愧疚，让我痛苦不已……

今天，又是一年的清明节，白天阳光灿烂，夜晚星斗满天。

父亲离开我已经六年两个月零四天了。

我一夜难眠……

在这六年多里，我无数次希望在梦中能和父亲相会，我相信在天堂里的父亲每天都能看见我，向我微笑，和我说着很多很多话，可是我始终没能看见父亲的身影，没能听到他的声音……

我知道这只是我的奢望，因为我在人间，父亲在天堂。

但是，每当星斗满天的夜晚，我都会仰望星空，我希望我能看见天堂里的父亲，看见他的微笑……

因为，在这个世界上，父亲是我永远的怀念！

小方

致童年，北方

一个人
路越走越长

一路上
遇见的很多人
走着走着就不见了
经历的很多事
走着走着就淡忘了
走过的很多地方
走着走着就不会再去想

唯有童年，北方
无论过去多久
无论距离多远
却从未把她遗忘

春天
漫山遍野的野花
夏天
一望无际的麦浪
秋天
堆积成山的大豆高粱
冬天
银装素裹的白雪皑皑
和不愿意回家的滑冰场

简单的童年
没有电视没有互联网
每天守着半导体收音机
等待长篇小说的播放

在学校里
手捧着红宝书
高唱着《大海航行靠舵手》
跳着忠字舞
跟着大人们高喊
干革命靠的是毛泽东思想
幼小的心灵天真无邪
心中只有红太阳

《钢铁是怎样炼成的》里
保尔·柯察金和冬妮娅的爱情
刺激第一波荷尔蒙的滋长
让我青春萌动
身体里有一种力量
不可告人
莫名的异样
感觉心中小鹿乱撞
偷偷喜欢上一个姑娘
高尔基的《海燕》

让我做梦都向往着大海的方向

六一儿童节
学校的运动会
是我和小伙伴们欢乐的海洋
穿着白衬衣蓝裤子白球鞋
吃着五分钱的冰棍
喝着盐汽水酸梅汤
感觉自己插上翅膀就能飞到天上

坐在广播站的话筒前
念着同学来稿
感觉自己的未来就是
中央人民广播电台的播音员
自己把自己感动得泪流满面
心里一阵阵的慷慨激昂
神圣庄严心潮激荡

考上大学

告别童年的伙伴
离开从未表白过的姑娘
心里无比惆怅
从此后天各一方
每天心中最惦念
频繁的书信来往

日子一长
写着写着
莫名其妙就少了很多激情荡漾
感觉情疏词荒
犹如单行的火车没有交集
渐渐也就少了来往

距离越来越远
道路越走越长
曾经最要好的童年伙伴英年早逝
青春期荡漾的姑娘成了别人的新娘
心情哀伤

却无法与人诉说衷肠

岁月悠长
思念变成了回想
但那种情
从未遗忘

回望北方
淡淡忧伤
常常念想

童年，北方
……

梦见，一九七九，那个军马学堂

从一九七九年高考入伍踏进中国人民解放军兽医大学的大门，至今已经整整四十年了，离开学校之后就与北方渐行渐远，一路向南，回到了祖籍广东，在深圳生活也已经整整三十五年了。

离开学校的三十六年里的每一天，生活都多彩斑斓，充满忙碌、挑战和欢乐，四十年前的那些如孩童般的往事多少都有些模糊了，淡忘了，甚至忘却了。

然而有些记忆是永远都无法忘却的……

回首往事
回望北方
梦里常常会梦见那个号称亚洲森林中的城
　　市：长春，我人生之路开启的地方
梦见了母校的前身：刘源上将亲笔签名送给
　　我的《漫忆父亲刘少奇》里提起过的
　　那个陆军军马学堂
梦见了斯大林大街南湖公园净月潭绿皮火车
　　和站前广场
梦见了在同光路我们穿着军装走向隔了几条
　　马路的教学楼排着整齐的队伍吼着嗓子
　　五音不全地把歌唱
梦见了那两栋住过的土灰色和土红色的砖
　　瓦房
梦见了睡梦中紧急集合的哨子吹响了十公里
　　武装越野一个个衣装凌乱丢盔弃甲的狼
　　狈相
梦见了炊事班的厨房和墙上挂满饭盆袋子与
　　饭堂饭桌上的高粱米饭和没有油星的白

菜汤
梦见了八〇年的夏天在学校农场从早上六点
到中午十二点铲了半天玉米地吃了十二
个包子撑得无法动弹手里还拿着四个包
子躺在大树下的雨衣上
梦见了冬天的寒夜里背着冰刀翻过带铁丝网
的院墙偷偷地溜进滑冰场
梦见了西安大路沙土地的足球场上尘土飞扬
梦见了同样是沙土地的排球场上你争我抢
梦见了在那个破旧简陋的礼堂里我们弹着
吉他打着沙锤唱着还没解禁的苏联歌曲
《喀秋莎》时台下那个很能装很能装的
教导员一脸惊愕懵然的模样
梦见了解剖教室里标本马二百零五块骨骼和
七百块肌肉刺鼻难忍的福尔马林味道面
对毫无兴趣枯燥无味的书本每一天的痛
苦和彷徨
梦见了当年给我们讲生理学的讲师后来的校
长景在新少将

梦见了那个高大威猛国字脸既像大哥又像慈父的陶伦队长
梦见了口才极佳的副教导员邢济明和他漂亮的新娘
梦见了中医学教授李养贤带着腔调抑扬顿挫朗读《黄帝内经》中药汤方
梦见了现在鬓发斑白的博士导师黎诚耀、李子义，小动物业内大咖王元占、靳朝、陈振文、朱德生、王喆、王大鹏，兢兢业业本分为官的陈宝贵、宋世佩、吴济海，事业有成的曲艳秋和浪迹日本的孙维科当年小鲜肉的模样
梦见了在那个还没走出极“左”思潮的年代某些大小脸谱本应该真诚却没有真诚还邯郸学步假装老成的滑稽像
梦见了英年早逝的杨德财、秦福生、刘万臣、郭仲满、郝光荣、高宏伟、李双良那一张张年轻英俊的脸庞
梦见了得知同窗四年的好友李延河毕业分配

将要去新疆后说不出来的感动还是悲伤

……

四十年弹指一挥间

离开时的那个青年

游历世界飞过重洋

潇洒人生写意世间

虽未动地感天

出走半生

鬓发依旧浓密

依然少年

大雁南飞

回望北方

一九七九，军马学堂

那个遥远的过去和并不遥远的地方

唯有回忆和祝福

永不相忘

致十八岁，军装

十八岁那年
考上了军校
穿上了军装
草绿色的的确良
帽子上一颗五角星
衣领上两面红领章
鲜红耀眼放射着光芒

十八岁那年
穿上了军装
憧憬未来

憧憬爱情
憧憬一切的美好
有无数个远大的志向
也有无数的彷徨

十八岁那年
穿上了军装
瞬间
就变成大人的模样
天真无邪
稚嫩的脸庞
变得端庄
脸上写满了骄傲和荣光

十八岁那年
穿上了军装
“文革”结束
结束了十年动荡
打倒了“四人帮”

知识青年潮涌般回城
学生不再上山下乡
恢复了高考
中国宣布改革开放
个体户沿街开店
工农兵学全民经商
取消了粮票布票豆腐票
取消了计划经济
建立自由经济市场
无论街边小店
还是大商场
过去看不见买不到的商品
应有尽有
满目琳琅
老百姓家用上了彩电冰箱
餐桌上鸡鸭鱼肉
饭菜飘香
尽管物价飞涨
人们脸上却喜气洋洋

十八岁那年
穿上了军装
军营外的街上
流行元素开始每天不一样
大哥大姐们
留着长发带着蛤蟆镜
穿着喇叭裤
拎着录音机
邓丽君的靡靡之音
迪斯科舞曲的疯狂
响彻着公园舞厅
在大街小巷回荡
电视里看得到美国大片
生活中吃得到汉堡薯条番茄酱
人们生活多姿多彩
穿上了西装
生活潮流时尚

十八岁那年
穿上了军装
祖国南疆自卫反击
打响了第一枪
战场的捷报
英雄的事迹
在校园在军营
在祖国大地传扬
激励着我们
热血沸腾心潮激荡
盼望着有一天能拿起枪
保家卫国走上战场
像英雄们一样

十八岁那年
穿上了军装
从校园到营房
从北方到南方

十年的青春时光
最美好的年华
在部队绽放

十八岁
十年
穿着军装
终生难忘
让我一辈子回想
……

来自西伯利亚的寒流

你从乌拉尔山脉
裹挟着楚科奇半岛和北冰洋的风
带着西伯利亚泥土的芳香
越过黑龙江乌苏里江讷谟尔河松花江黄河
　　长江
翻过大小兴安岭长白山秦岭山海关
冲过粤北最后一道防线
带着天际线那一丝霞光
在黎明前静悄悄地
来到蜿蜒起伏的大屏障
……

你让昨夜今宵成为二〇一八南粤香江第一个
　　数九寒天
此刻的阴冷细雨，胜过北国的漫天飘雪
眼前
无数的飞龙天鹅大雕
正伴着漫天飞雪起舞
东北虎呼啸山间
……
我又回到了儿时
回到了漫天飞雪
千里冰封的北方

梦如歌唱

我知道我说的你可能不懂
因为我说的是我的梦
……
有的人一夜无梦
可以一觉到天明
而我决不想一夜无梦
因为这样就缺少了一半的人生

每当皓月当空
又或是细雨蒙蒙
似雪的花瓣飘落

茉莉花散落在园中
微风吹着窗纱飘动
带着茉莉花香的晚风温柔地拂过我的身体
醺醉了我的神经
我悄然入梦

我的梦如一片汪洋
蓝色的波浪荡漾
从窗纱飘动的缝隙溜进的夜光
流溢着银色的芬芳
我的鼾声高低起伏
仿如大海的波涛头枕着波浪
我的梦境像画布一样
梦影犹如一支神奇的画笔
画着我的过去
画着我思念
画着我的遐想
画着我走过的山川桥梁
画着我飞过的海洋

梦里荡漾
我父母年轻时的脸庞
我当年穿着婚纱的新娘
我女儿出生时的模样
我大学早已被拆的上课的学堂
我自己十八岁青春洋溢的军装像

梦里流淌
南海之滨天涯海角的月光
大洋彼岸旧金山的落日斜阳
印度洋科伦坡海边粼粼的波光
我站在川奈高尔夫富士球场日本海边果岭上
　　海蓝色的眺望
印度尼西亚苏腊巴亚山海上空的飞翔
卢瓦尔河谷冬天的苍凉
昂布瓦兹达·芬奇的密码箱
生我养我的北方
皑皑的白雪金色的麦浪
……

梦是一种真实的酣畅
或许人生就是这样
清醒的时候常常沉睡
沉睡其实是一种清醒
黑夜是我的白天
白天是我的黑夜

人生如梦
梦如歌唱
似水流光
愿你不醒
永远地歌唱

漂流

时间是条河流
我只是一粒尘沙
伴着岁月悠悠
随波逐流

时间就是宇宙
我只是一颗尘埃
在浩瀚的星空中漂游

我给自己插上一双隐形的翅膀
在无垠的星球上

自由地翱翔

飞过高山
飞过河流
飞过大地
飞过海洋

我
看见了更远的山丘
看见了更大的河流
看见了更广袤的大地
看见了更宽阔的海洋

回首俯瞰
儿时的伙伴
在夏花冬雪中嬉游
亲爱的爹娘牵着我的手
走过风雨春秋
新朋旧友相逢

无数次的笑语欢声

漫漫人生
茫茫宇宙
沧海横流
飘洒着无尽的爱恨情仇

我只是一粒尘沙
在风霜雪雨的世界里
漂流

致夕阳

看着你
一分一秒
顺着时光
在我紧盯着你的瞳孔中
演绎着你的辉煌
你那一抹醉人的晖红
缓缓地
飘过云朵
滑过屋顶
染红了西边的苍穹
也染红了我炙热的瞳孔

我看见
我身体里每一滴滚烫的血液
和你一样鲜红 ……

无题

这一刻
空气凝固
树叶静止
花草未动
湖面水如镜
只有汗滴蚂蚁般
从毛孔爬出
燥热的心情

其实
风在

你动
风起
你静
风止

致黑暗

雨水打在车窗
黑暗挂在天上
路灯昏黄
凌晨
驾车赶往球场
行驶中静候天亮
雨水打在车窗上
噼啪响
回想起
儿时的冬天
在北方

同样的凌晨
鹅毛大雪悄无声息地飘降
天空中没有一丝光亮
只有我手中的电筒
照着白雪覆盖的大地泛着微光
我拉着爬犁
脚踩着积雪咔咔响
心中充满了恐慌
听得见自己怦怦跳动的心脏……
比黑暗更加黑暗的是
在那个红彤彤的年代
父亲被关进了“牛棚”改造思想
我们家的日子在黑暗中
黯淡无光
那时
我害怕黑暗
我诅咒黑暗
我渴望光亮
但我不得不在黑暗中

日复一日
在别人的梦中
去打开工厂的炉膛
用弱小的身躯
为父母挺起胸膛 ……
在黑暗中成长
经历了太多的恐慌
也就不再恐慌
熟悉了太多黑暗
所有的黑暗也就不算黑暗
因为
任何的黑暗都不会再比那时的黑暗
更加黯淡无光 ……
我喜欢
在黑暗中前行
因为
在黑暗中
看得见天空中
一点一点闪烁的星光

在黑暗中
看得见人性善良的光亮
我喜欢
黎明前的黑暗
因为
瞬间之后
天就会大亮
就会看见太阳
光芒万丈……

生日放题

十七的月亮稍显不圆
如同今天九十洞的目标没有实现稍有遗憾
但十二小时四场七十二洞的鏖战
挑战了身体的耐力和极限

十七的夜晚
明月相伴
灯光虽然不够明亮
却也在夜空中辉煌
晚风足够清凉
寂静的山谷里

空气满是花草树木散发出负离子的清香
身体和灵魂都如沐芬芳
每一个毛孔都贪婪地扩张
每一杆的挥动都没有了慌张
每一个球都飞向了心的方向
荷尔蒙和多巴胺躁动地分泌
在涌动的血液里夸张地流淌
感觉生命在逆向生长
一切都是那么的美好舒畅
充满了快乐和力量
……

朝阳

每一次的黎明
看着你冲出地平线
都像初恋
第一次遇见的模样

在白雪皑皑的北方
在四季花开的南方
在北京天安门广场
在八达岭的城墙上
在云南昆明的春城湖畔
在东川的红土地丘北的普者黑

在贵州兴义的万峰林
在黄浦江畔的东方明珠
在临海的古长城
在卢瓦尔河边的昂布瓦兹达·芬奇小镇
在日本川奈富士球场面对着波光粼粼浩瀚的
　　太平洋
在印度洋上的翡翠明珠科伦坡
在美国新泽西的Ballyowen Golf Club[1]
在太平洋彼岸闻名世界的十七英里卡梅尔
　　小镇
在如朝圣般向往的Pebble Beach Golf
　　Links[2]
在家门口的奥拉沙宝、安妮卡、大卫利百
　　特、罗斯-保尔特、格诺曼球场
……

[1] Ballyowen Golf Club，巴利欧文高尔夫俱乐部。

[2] Pebble Beach Golf Links，卵石滩高尔夫球场。

在我走过的全世界数不清的每一个角角落落
我无数次地在黎明中
迫不及待地
等待着你
迎接着你
拥抱着你
热泪盈眶

因为有你陪伴的每一天
我的生命都是
红红彤彤
暖暖洋洋

七秒钟的幸福

飞机从中庭上方飞过
留下一阵轰鸣回响
我坐在鱼池旁
看着锦鲤在水中游荡
水幕墙上
流水在汩汩地流淌
荫生的碧萝一枝枝
沿着墙面向上生长
它们竟然神奇地
把自己一节一节固定在砖缝上
如同匠人手工制作一样

四方天空的倒影
随着鱼儿游荡的波动
在水面上摇晃
鱼儿喜欢在水幕泻下的地方游弋
那里有充足的氧

我喜欢坐在鱼池旁
抽着雪茄喝着苏打水
看着鱼儿在水中嬉戏游荡
就像鱼儿喜欢在水里游荡一样
我不知道是不是
鱼儿习惯了我坐在它们旁边看着它们游荡
它们毫不在意我坐在它们身旁
它们悠闲地游来游去
吞咽着水里的微生物头尾摇晃
它们只在我抛撒鱼粮时
在水中欢腾跳跃
那一刻
我甚至能听见它们在歌唱

有人说鱼的记忆只有七秒
或许这七秒
就足够它们快乐地呼吸、觅食、发情、产卵、繁衍
下一个七秒
它们依然快乐地呼吸、觅食、发情、产卵、繁衍
而七秒和七秒之间
它们全然没有痛苦烦恼
更没有彷徨
它们唯一离不开水
它们在水中自由自在地游来游去
七秒或许就是它们的幸福永生

人是不是也可以像鱼儿一样
只需要七秒
就可以
记住幸福
记住快乐

忘记烦恼
忘记痛苦
更不用彷徨

自由自在地
在人海里游荡
……

忘了吧

忘了吧
昨夜的星光
忘了吧
昨日的骄阳
忘了那些你曾经如醉如痴的梦想
忘了那些你魂牵梦绕的地方
忘了那个你痴心守望的姑娘
忘了那些你曾经受过的遍体鳞伤
忘了那些上帝给过你的喜悦和辉煌

雨一滴一滴地落进土壤

岁月一刀一刀地刻在你的脸上
你一点一点走进苍茫
那些曾经的美好就像插上了翅膀
伴着夕阳
飞向了远方
不要再等待了
不要再彷徨
前面是更远的远方
是你搭上宇宙飞船也需要几十亿光年
力所不及的地方
岁月如歌依旧在欢唱
旋律悠扬
提醒你来日并不方长

然而
蓝天碧空烈日骄阳白云飘荡
上天还有一个声音在缠绕在回响
虽然你青春不再
身体不会越来越强壮

但是你的智慧源远流长
你无须忧郁不用慌张
你只需要静静地欣赏
欣赏午后的细雨斜阳
欣赏花草鱼虫
欣赏小鸟鸣唱
欣赏如溪水的年华静静地流淌

你只需要披着霞光
地北天南湖海山川
如仙鹤般飞舞四处游荡
沿着鲜花盛开的方向
找寻曾经向往的他乡
一路欢呼
一路飞翔
一路歌唱
白驹过隙花开四方
一代人有一代人的追求和梦想
一代人有一代人的生活和向往

你不需要鲜嫩的脸庞
你不用再掩饰乔装
你只需要在阳光下敞开胸膛
你只需要放飞自己的思想
岁月依旧如歌交响
即使夕阳西下
夜色昏黄
你的生命依然会洒满月光

依然有万千星辉斑斓
在银河中为你闪烁
为你歌唱
……

如果

如果时光可以倒流
你还会不会渴望天长地久
如果可以回到从前
你还会不会珍惜曾经拥有
如果世界只有白昼
你会不会渴望长夜漫漫星光满天周公梦游
如果没有了悲欢离合爱恨情仇
你的眼中是否还会充满忧伤泪水长流
如果人生没有尽头不需要你争我夺
你是否还会激情万丈江海横流
如果岁月可以回头

你想在哪一段年华为谁而停留

……

朋友?

生日自说自话

这个平常而又值得纪念的日子，本来准备在球场鏖战一整天用汗水来纪念的，然而“杨柳”刚走，“玲玲”又来，台风雨从昨夜到今晨连绵不断，风声雨声让刚刚躺在床上酝酿出来的万丈激情顿减，人也感觉有些慵懒……

吃完早餐，在楼顶的阳光房里观雨听风，品茗读书，成了此时唯一不二的最佳选择。

泡上一壶老茶，点上一支养得滋润流油开出金花的珍藏雪茄，甘甜如饴的茶汤润喉甘口，吞云吐雾间，如白驹过隙的岁月又回到了经年，平行蒙太奇的慢格回放在风雨声中有了电影般的动感，过去的日子就又活泛了起来……

生命中某些珍贵的片刻，其实都来自一些微不足道的小事，譬如说你的影子，它只是你生活里的一个影子，或长或短，或左或右，或前或后，却在你的生活中占据很重要的地位，它与你的生命须臾不离，即使你一个人在广袤的旷野里独行奔跑，它都会陪伴着你呼吸跳动，在你的心里点燃起生命的小小光芒，让你无时无刻都无法忘怀……

童年时北方的白雪皑皑广袤和苍凉，懵懂年少荷尔蒙分泌春城求学时柳浪闻莺南湖泛舟，满腹理想一身戎装时九省通衢的武汉和中原安阳，北燕南归寻祖回乡生活了三十几年的深圳和香港……每一处的大街小巷都留下了我青春的足迹、汗水，留下了莫名的痛苦欢乐和歌唱！

雨停歇了一阵，风依然清凉，深吸一口充满可可和果木清香的烟雾，喝一口金灿灿回甘香甜的茶汤，感觉到体内的血液流速加快，脉搏强劲而欢畅，平淡无奇的日子又有了新的激情和希望！

生命如歌如画如影，需要经常一帧一格地回放，不断地捡拾起我们陆陆续续丢失的力量，我们只需要坐下来，泡上一壶茶，点燃一支烟，静静地冥想。

……

早安。

过冬，是为了怀念

小时候，在北方，每逢冬至，大雪连天，白茫茫一片。孩子们都跑到户外，在院子里堆雪人，在巷子里追逐着打雪仗，每个人都跑得大汗淋漓，男孩子摘掉了头上戴着的狗皮帽子，女孩子摘下了头上戴着的羊毛围巾，棉手套挂在脖子上在奔跑着的身后甩荡着，头顶上都冒着热气，好像雪地上奔跑着的小蒸汽机，头顶上飘下来的鹅毛雪花还没落到头上就被融化了。

家里的窗户玻璃上结着厚厚的一层冰花，窗台外面堆着厚厚的白白的雪，屋子里却是暖洋洋的。

因为爸爸下放到了农场，我们家住的是红砖平房的端头，自然没有城里的暖气，屋子中间有一个烧煤炭的铁炉，炉子里的炉火昼夜燃烧，炉子上面的铁盖炉圈常常被烧得红彤彤的，炉圈上面放着一把烧水的铁壶，当水烧开的时候，翻滚的气泡把壶盖顶起来发出啪啪的声响，壶嘴也随着发出一阵阵口哨声，壶里的水蒸气瞬间就充满了屋子里的每一个角落，屋子里闷热干燥的空气也瞬间就变得湿润而舒服起来。

冬至的下午，妈妈就从菜窖里拿出储藏的猪肉、大葱、白菜，从酸菜缸里捞出酸菜，摘洗干净后开始剁饺子馅，准备晚上一家人吃的饺子，厨房里就会传出有节奏的刀和菜板乒乒乓乓交响的声音，捣锤在蒜臼子里捣蒜泥的声音。每当这个时候，爸爸就会沏上一杯花茶，戴上眼镜坐在火炉旁看着书，旁边书桌上的收音机里，反复播放着当年的八个样板戏或者最高指示。如果这个时候我从外面打完雪仗堆完雪人回来，我就会擦着鼻涕坐在火炉旁和弟弟妹妹嗑着妈妈炒的香脆可口的葵花子和花生，翻着小人书吵吵闹闹着，偶尔偷喝一口爸爸的花茶。

这时候，偶尔也会传来厨房里妈妈的唠叨，一会儿是家里的油票豆腐票不够了，一会儿是收音机的声音太大了，一会儿是嫌我们唧唧喳喳太吵闹了，一会儿是厨房锅里的柴火需要添加了……在我听来反正都是絮絮叨叨婆婆妈妈的噪音。

晚饭开始，一家人围坐在桌旁，每人手里端着一碗饺子，爸爸照例会烫一壶白酒，蘸着妈妈捣好的滴了几滴香油的蒜泥酱油醋，大快朵颐吃得满嘴留香满头大汗，屋子里的温度也在这热烈的饺子晚餐里不断上升，欲望简单而感觉幸福。

日子就这样在平淡嘈杂和冷暖之间红红火火地一天一天地过去了。

刚满十八岁的那一年九月，我一个人离开家到千里之外的大学读书，第二年父亲平反了，带着家人离开了北方，回到了祖籍南方。

再后来，我也与北方渐行渐远，几经周折回到了南方。

三十多年过去了，冬至再也没有回过北方。

每逢冬至，一家人聚在一起的时候，还会吃着饺子，聊着北方，聊着那些个漫天大雪纷飞的日子，聊着冰天雪地里的雪人雪球打过的雪仗，餐桌上也渐渐多了一些广东的汤圆烧味卤水广式腊肠和各式各样的海鲜蔬菜水果，但不知道怎么，却少了小时候只有酸菜饺子蘸着蒜泥的那种浓浓的味道。

今天，冬至，父亲也离开我八年了。

从汉代开始，冬至就是人们拜神祭祖的八节之一，而且对于广东人来说，更有冬至大过年的说法，广东人称冬至为“过冬”。

父亲是地地道道的广东人，我自然也是广东人，只不过我是一个出生在北方的广东人。但不管怎样，我的血管里流着我父亲的血液，这八年里的每一天我对父亲都充满了深深的怀念。

于我而言，过冬，就是为了怀念。

怀念我的童年，怀念我的北方，怀念我的父亲！

远方

远方

T. S. 艾略特说过：

我们不必停止探索，而我们的全部探索的结局，将会是重新抵达那个我们最初出发的地方，然后第一次真正开始理解它……

我来自什么地方
哪里是我的故乡
我要去到什么地方
哪里才是我的天堂
像永远不醒的梦一样
一直让我迷离

一直让我彷徨

那一年的秋天
天高云淡麦子金黄
十八岁的少年
气血方刚心怀梦想
义无反顾背起行囊
穿过人海走向远方
身后是越来越远的父母
儿时的伙伴和让我懵懂爱恋的姑娘
从此开始我一生碌碌忙忙
日夜兼程一直奔跑在路上
那些我曾经梦中的向往
三山五岳黄河长江
天涯海角椰林风光
那些沿途的美景
从来就没有来得及仔细欣赏
我的心
一直在远方

秋风匆匆草木枯黄
再度春风百鸟鸣唱
而我已人到中年满天星光
回头遥望
那些袅袅的炊烟
那些哭泣和歌唱
那个生我养我的地方
莺飞草长已成远方

那些儿时的伙伴
早已各奔他乡
那个我曾经懵懂爱恋过的姑娘
早已成为别人的老娘
那个给我生命引领我成长的父亲
已经乘着月光上了天堂
而我身在远方
却依然在找寻远方的路上

是不是人生就是这样
充满无数幻想
充满痛苦彷徨
却依然满怀希望
一直在寻找方向

人生是不是就是这样
可以去到很多地方
却永远也去不到远方
而远方
却是那个
永远也回不到的故乡
……

飞向远方

我不知道天有多高
我不知道海有多广
我只知道我要飞翔
……
我不知道
哪里是我的故乡
我也不知道
哪里才是我的天堂
我只知道
我要不停地飞翔

飞过高山
飞过海洋
飞向更远的地方

红树林湿地
咸淡水交汇的滩涂
鱼虾富足水草丰盈的地方
都是我的驿站
都是我的天堂

我不知道我从哪里来
我也不知道我要往哪里去
我只知道
我不会留恋在一个地方
尽管这里鱼虾满塘
尽管这里四季如春是鸟的天堂
但我依旧要飞翔
飞向远方

因为

我有一双翅膀

苍穹之上

我愿意相信
你就是一只火红的凤凰
狂舞在苍穹之上
炫耀出万丈光芒

我愿意相信
你就是一条彤红的锦鲤
奔腾在苍茫之海
抛洒满天的吉祥

因为

你就是我
自由自在的灵魂

在苍穹之上
跃大海苍茫
观琼楼玉宇
瞭大雪纷飞
赏鲜花怒放
戏人间美丑

无拘无束
奔腾，翱翔……

拥抱

当你拥抱阳光
阴影就在你的身后
那些黑暗狰狞邪魅
一切的污垢
都不会浊上心头

当你拥抱春天
寒冬就被你抛在了身后
那些风刀霜剑雪虐风饕
都化作清风细雨
滋润大地和心田

百花盛开春风满楼

当你拥抱快乐
烦恼就被你甩在了身后
那些怅然若失愁潘病沈心烦意乱都随风而去
心怀坦荡直面人生潇洒风流

当你拥抱爱情
孤独就被你抛在了身后
你永远不会孤苦伶仃另楚寒巫
爱情的滋润会让你热血沸腾心潮澎湃
荡起双桨扬起风帆
生命的小船在人生的大海中
乘风破浪逆水行舟

当你拥抱大海
浪花就会在你的身后
后浪推着前浪
把你推向时代的潮头

奔涌着任沧海横流

当你拥抱夕阳
金色的年华就在你的身后
那些你走过的路
那些你攀登过的高山
那些你飞翔过的天空
那些你跨越过的江河湖海
那些你爱过的人
那些你经历过的爱恨情仇
会变成一幅优美的画卷
陪伴着你走向人生的尽头

拥抱吧
用最动人的激情
拥抱我们自己
人生最美的春秋
……

和鸟儿一起歌唱

没有了稚嫩的脸庞
青春依然燃烧在火热的胸膛
伴着初升的太阳
挥动有力的臂膀
第一洞就听见鸟儿歌唱
喜鹊伴唱在果岭旁边的树上

回到家中又看见了秋葵花开放
一只雏鸟飞落在中庭花园的鱼池旁
一张小嘴稚嫩金黄
一双羽毛细细的翅膀

慌慌张张还没有力量
怎么飞也飞不上楼顶
无奈落在了三楼的窗台上
一双明亮的眼睛充满了惊慌
太阳照在它的身上
风和日丽
羽毛闪着亮光

看着雏鸟
生命初始稚嫩的模样
如沐春光
心里充满暖阳

就让它静静地呆在窗台上
修行滋养
待身体发育强壮
翅膀刚硬坚强
它定会迎着风雨展翅飞翔

青春万岁

春光无限

生活充满阳光

心和小鸟一起歌唱

……

飞翔

你
又一次
伴着朝阳
张开翅膀
飞翔
……
蓝天
白云
群山
海洋
学堂

离别
团聚
欢乐
悲伤
彷徨
从懵懂稚幼
到儒雅端庄

你
一次次飞翔
畅享在
遥远的他乡
书卷的海洋
喜悦
眼泪
汗水
梦想
期望
从牙牙学语

到美丽姑娘

当波士顿
春暖花开
冰雪消融
我们会再次团聚
我的姑娘
那时
你会将学位帽高高抛起
我们的眼睛里都会充满幸福的泪光
而你
将会把目光望向更远的远方

无题

炽烈了整日
阳光
退却了光芒
缓缓地斜下
露出的柔和温馨万丈

海风
清凉
变得不那么疯狂
海浪
沙哑着

一浪小过一浪
夜色
肆无忌惮地
撩人荡漾

茶水
静静地沁出酊汤
溢出淡淡的清香
……
大海
永远是
梦开始的地方
……

心火

草在舞蹈
是因为风的抚摸
花在跳跃
是因为蜜蜂的缭绕
我在奔跑
是因为阳光的照耀
让我的心中
有一团火在燃烧
……

心中的海

你们说的大海
只是地球上一条流动的飘带

无尽的天空
才是我心中
广袤
深邃
沉静
蔚蓝
迷人的大海
……

无题

很多时候
我们喜欢灯火阑珊
是因为她的璀璨和妖娆
而有时候
我们喜欢灯光
则是因为阳光太过娇艳
……

一只白鹭

清晨
你从我的屋顶飞过
清脆的呢喃声
叫醒了我的眼睛
你雪白的身影
像跳动的音符
在天空中舞蹈欢呼
迎着朝阳穿过云层

你从我的屋顶飞过
唤醒了又一个黎明

追随着你的身影
我背起球包走进球场
看着小白球和你
一起在天空中飞翔

清澈的蓝天
洁白的云朵
悠然的幸福
你的呢喃声
我的喜悦心情

三十七亿光年的地方

三十七亿光年的地方
没有空气和水
没有光和氧
那里有生命存在吗

什么样的生命可以抵达
什么样的孤独可以抵抗

望着那无限遥远的地方
心都无法飞翔
还能叫荒凉

火凤凰

狂风暴雨之后
西边的天空
漫天密布的乌云
有一片金色绽放
如火的夕阳似岩浆在滚滚的烟尘中流淌
转瞬之间
在那烟灰飞滚的乱云之中
腾飞起一只火红的凤凰
在黄昏沉幕的天空
飞翔

残阳如血

火红了凤凰

……

生命之泉

生命像泉水一样
高远缠绵汩汩流淌
迎着金色的晨光
沐浴着那第一缕辉煌

人生就像泉水一样
蜿蜒曲折涓涓流淌
伴着鸟语花香
伴着雷雨风狂
伴着皓月星光
在茫茫旷野留下清脆的声响

人生就像泉水一样
一路向前流向远方

感谢每一缕金色的晨光
感谢相遇的每一滴泉水
感谢生命里每一声脆响
感谢每一个星光皓月的晚上

往后余生
天天快乐
闲来无恙
……

不是……

不是每一个早上都清风送爽
不是每一轮太阳都灿烂辉煌
不是每一天股市都线飘大阳
不是每一朵鲜花都娇艳飘香
不是每一个人都是心胸宽广

漫天的晨雾会氤氲出烈日骄阳
无名的野花无须欣赏暗自飘香
绿色的荡涤才能孕育真正的大阳
再伟大的胸怀也会小肚鸡肠

人性、股海和天相
没有永远的辉煌
却常常是那么荒唐
……

人生没有那么多鸡汤
人性也远没有那么善良
即使实现了脑机接口人类社会也不可能实现
　　乌托邦
冷眼旁观静静地思考或许是一种理智
积极进取不向命运低头才能实现人生的理想
荒唐的人生或许画出了彩虹写就了辉煌

我的同学佐藤武志

佐藤武志原来不叫佐藤武志，也不是日本人，起码我认识他之前他既不叫佐藤武志也不是日本人，否则我也不可能认识他，更不可能和他是同学。

佐藤武志原名叫孙维科，或者应该说他现在依然叫孙维科，只不过是他成为日本人之后仍然沿用着这个中文名字。而他成为日本人是在他二十七岁之后，他二十七岁前还是中国人，还不叫佐藤武志。

我和维科是同一年考入同一所大学而成为同学的，那一年我们都是十八岁，也就是说从那一年开始我们俩认识了，那一年是一九七九年，现在讲起来已经是上个世纪的事情了。

记忆中的维科，皮肤黝黑，个子不高，但是当时没有觉得他个子不高，因为那时候我们差不多高，都不到一米七，只不过我后来长了不少，他好像没怎么长个儿，鼻梁挺直，英俊帅气，吉他弹得很好。

按照现在流行的说法，当年我和维科都算是小鲜肉级别的英俊少年。

四十年后，我和维科又一次在日本相聚，只不过这中间又隔了十二年，上一次在日本相见是在二〇〇七年五月。

算起来从入学成为同窗到毕业后各奔东西，四十年间的三十六年里，我们一共见过三次面（其实是四次，二〇一九年就分别有两次相聚）。

毕业后的第一次见面，应该是二〇〇三年的夏天，维科来深圳，那一年正好是我们大学毕业二十年，印象中那时他还是满头乌丝，皮肤依然黝黑。（后来才知道他染了头发，再后来医生告诉他，他是过敏性体质，如果继续染头发会有生命危险，所以从此以后他就再也不敢染头发了。但是我听了之后总觉得日本的医生和中国的医生不一样，有点危言耸听、小题大做了，染个头发就能有生命危险？那就应该是日本的染发剂不行，也就是说日本的化工产业不行，你看咱中国的染发剂就没有这个问题，不管男女老少只要头发白了就染发，从很多大领导到老百姓都染头发，个个都是满头乌发、神清气爽的样子，好像咱们的染发剂咋染都行，但是奇怪的是好像中国人还偏爱日本的染发产品，无论是内地还是香港化妆品店里，大面积摆卖着而且畅销的都是日本的染发剂，从来没听说过哪个医生会告诉你染发会有生命危险，只不过我一辈子也没用过染发剂也就没有什么体会。）那一晚我们把酒言欢，聊了些什么早已忘得一干二净，只是那时候我们还都很年轻，血气方刚，朝气蓬勃，酒量不错，那天晚上在酒吧里，我们哥俩沉浸在久别重逢的喜悦之中，在重金属音乐的声音中频频举杯开怀畅饮，喝酒喝到很晚，而聊天也都是浅层次的交流，只是大概知道，他是一九八七年跟着日本遗孤的妻子移民去了日本，生了两个儿子，在日本做免税商品生意，知道他在日本过得很滋润，笔挺的西装，油光的头发，晶亮的皮鞋一尘不染，言语举止都是一副典型的日本人模样，优雅而有礼貌，每说一句话都会把腰微微地向前弯曲以示礼貌，完全没有了东北男人咋咋呼呼、大大咧咧、不拘小节的粗犷劲儿。我只记得，那一天维科给了我一张他的日本名片，上面印着的名字是：佐藤武志。那时候我就感觉他已经是个地道的日本人了。

第二天，他就去了广州。

短暂的相聚，一别又是四年。

二〇〇七年五月我和几个朋友去日本，先是从东京开车横穿日本岛直奔新潟市，然后再一路经长野县、群马县往东京游览，在群马县的草津温泉泡了一晚之后，从浅间山回到东京的第二天，原本同行的朋友安排好去东京迪士尼乐园游览的，由于去日本之前我就跟维科联系，告知他我的行程了，而维科恰好就在那一天的早上送客人去迪士尼乐园，也恰好只有那一天他能挤出时间，我就临时决定不去迪士尼乐园了，利用这一天和维科好好聚聚。

其实，很多年前我就已经去过美国洛杉矶的迪士尼乐园了，对东京的迪士尼也没有太大兴趣和期待，更重要的是维科在日本一直做的就是接待国内旅游团队的旅游生意，他一个人什么事都要亲力亲为，能抽出一天的时间实属不易，或许这就是上天的安排，刚好那一天早上他要送客人到迪士尼乐园，于是，我们就约好了在迪士尼乐园门口相见，然后开始我们的东京聚会。

那天一大早，我们就到了东京迪士尼乐园门口，维科已经在约好的地方等我了，只是相隔四年没见，上次见面时西装笔挺、皮鞋锃亮、满头乌黑油亮浓发的维科竟然满头白发，人显得很憔悴，也瘦了很多，穿了一身牛仔服，但笑容依旧是灿烂的。

后来我才知道，亚洲金融风暴过后，日本的经济很不景气，加上中国经济的快速发展，原来中国人对日本家用电器潮水般的需求已经退潮了，维科原来做的面向中国大陆的家用电器免税生意日渐清淡，而维科那时又刚刚离婚，为了生计只好改行做起了中国大陆赴日本游客的地接生意，四处奔波，劳心劳力，工作强度大，加上一个人生活，起居没有规律，还要负担两个儿子的生活，在东京那样的地方生存，可想而知，会有怎样的压力和艰辛。

简单的寒暄拥抱之后，维科把我领到停车场入口不远处一辆灰色的微型丰田面包车旁，接我坐上车后说："今天我啥也不干了，就陪你哥们好好在东京转转！"

我是一个感性的人，尤其是在异国他乡遇故知，那一刹那，我的眼眶湿润了。

这就是从青春年少走过来的两小无猜的同学，即使分别多年，即使生活再艰辛，真情依然能抵万金!

那一天，维科带我走遍了东京的大街小巷，重点去的都是旅游团很少光顾的地方，原宿、涩谷、台场、新宿歌舞伎町、东京都厅顶楼、彩虹大桥，还参观了明治神宫。

晚上，按照我的要求，维科带我在灯红酒绿的新宿歌舞伎町找到一家专门吃河豚和鲸鱼肉的海鲜餐厅，有生以来我第一次品尝了味道鲜美的河豚和鲸鱼肉。

那天晚上，我们俩喝了整整一大支一千八百毫升的日本清酒，什么牌子忘了，还喝了一瓶浸泡了烤河豚鱼骨的日本烧酒。

那一晚我们都喝得酩酊大醉，还记得，凌晨两点多钟维科开着车（那时候日本也没有查酒驾），经过彩虹大桥送我回我住的东京湾伊梦酒店的时候，彩虹大桥的灯光隔着车窗照进来，映着维科黑红的脸庞，我们在高速路上打开车窗肆无忌惮地抽着雪茄，喋喋不休地高声呐喊着，仿佛在呼唤着我们逝去的青春，仿佛在呐喊着我们走过的时光，那一天，那一刻，我们究竟聊了什么、说了些什么、呐喊了些什么，其实也和四年前在深圳的那个夜晚一样，都想不起来了，也都不重要，重要的是我们一起度过了十八岁的时光，一起走过了那段激情燃烧的岁月，又一起在东京度过了难忘的一天。

人生好像就是这样，相聚总是短暂的，而回忆却是长久的。

和维科在东京一整天的相聚之后，时间又过去了整整的十二年。

……

这十二年中间，二〇一一年三月，日本发生了人类有史以来里氏九级第三大地震，并引发了海啸，接着又导致福岛核电站反应堆泄漏，二〇一二年中日关系因为日本发难“购岛”事件迅速走向低谷，一系列的天灾人祸，让我本来很想再去日本走走的念头一直未能实现，这几年福岛核泄漏事件之后，中日关系渐渐和缓了不少，所以，我从前年开始跟维科微信联系就时不时会说到想要去日本打球并到处走走的行程安排，可惜由于这样那样的原因一直也未能成行。

二〇一九年四月，小女儿在香港大学放假之前，问我想不想陪她去韩国玩玩，因为我对韩国没有一丁点兴趣，我就试探地问她，去日本吧？没想到女儿同意了，问我具体时间，我就说，那就五月十号去，二十一号回来吧，女儿也同意了。

我对韩国没什么好印象，也从来没有想去韩国走走的冲动，那是因为我觉得韩国就和东北的吉林没什么区别，泡菜加烤肉的文化，喝的酒都是最廉价的真露，没有太多的文化可言。其实后来想想，最主要的是韩国也没什么我牵挂的人在那里，而日本除了有它独特的文化，有日本料理和清酒的吸引之外，最主要的是维科在那里，起码还有让我念想的理由。

很快我就让维科帮我租好了车辆，确定了从大阪进入日本、从东京回来深圳的具体时间和航班，至于其他的具体行程完全没有计划，只是想到了日本之后跟着感觉走，随机看心情再和维科商量临时做具体安排和调整。

这样说走就走的旅行确实有点任性了，但后来也证明了确实是英明，这场旅行随心所欲，轻松愉快，最主要是身心都很舒服。

五月十号中午，飞机准时降落在大阪关西机场，飞机还在滑行的时候我就迫不及待地给维科发了微信告知飞机已经落地，他那时开车从东京赶过来还没进入机场。

入境手续很顺利，推着行李走出关西机场出境大厅，就看见维科在接机区向我们招手示意了。

十二年后再见，维科明显又苍老了许多，依然瘦瘦的身躯，背驼得比以前更加严重了，头发依旧花白，笑容也依然那么诚恳灿烂。

我介绍维科给我太太和女儿时说：“这就是我跟你们一直提起过的我的同学孙维科，一个干净的日本人。”

一个干净的日本人，是我对维科最衷心的评

价，因为我感觉他身上没有我在国内混得不错甚至堪称著名的某些同学身上的脏东西。

维科笑着带领我们一家三口走到停车场，坐上了他帮我从东京租来的黑色丰田阿尔法保姆车，就这样开始了我们这次日本的深度游之旅。

大阪正午的阳光娇艳，直射车窗，看着坐在身边开着车的维科的侧影，我的脑海里浮起了在大学时我们一起弹着吉他唱着《喀秋莎》时的情景，想起了十六年前在深圳酒吧里我们豪饮啤酒的那个夜晚，想起了十二年前在东京彩虹大桥上飞驰的那个夜晚，心里不免有些发酸，不由得感叹岁月这把屠刀，虽然很公平，但却不免有些残忍，硬生生把当年那个年轻英俊的少年转眼之间变成白发苍苍的大叔，时间仿佛就在一瞬间，快得让人感觉还来不及眨眼，就一下子从少年到了暮年……

其实这种感叹不仅仅是为了维科也是为了我自己，人生其实就是一条永远无法掉头的单行线！唯有过好每一分每一秒，走好每一程每一段，才能不愧此生，让自己活得精彩！

从大阪启程，我们一家三口在维科的全程陪同引导下，游览了兵库县的首府神户，品尝了地道的神户牛肉，喝着神户浪漫大吟酿清酒，登上六甲山看神户夜景，浏览神户异人馆街，参观神户菊正宗酒造纪念馆，在神户的姬路城登天守城还巧遇姬路城七十周年庆典游行，领略了日本大和民族的传统文化；然后驱车两百多公里到达冈山县的广岛，在广岛第一次品尝了美味的马肉生食料理，参观了广岛和平纪念公园；到宫岛参观严岛神社大鸟、到山口县第一大河锦川参观锦带桥（日本三大名桥之一）；游览了四国爱媛县的松山（吃海鲜、去道后温泉乡看少爷火车），经香川县看古镇，看濑户大桥（德岛县），经冈山县到大阪府、京都（金阁寺、清水寺、祇园、花见小路），经滋贺县三重县到名古屋，经岐阜县（马龙宿）到山梨县河口湖与忍野八海，经静冈县游大涌谷（火山喷烟地）、横滨二十一世纪港中华街、东京都……十五个县都府，行程涵盖了日本的三分之一地区。

在日本的十二天里，白天按照既定的行程游览，每天晚上我和维科就到各种各样的居酒屋里喝酒抽雪茄聊天，十二天的时间里充分体验了日本的居酒屋文化的同时，也让我们哥俩把在大学四年都没有说过的话都聊了一遍，那种感觉就好像又回到了十八岁那年，雪茄点燃，酒杯一端，就开始喋喋不休地聊起了四十年前的那些往事，聊起了我们这几十年各自走过的人生，自然也就聊到了日本和中国，聊起了我们各自眼中的日本人和中国人。

在我们大学毕业面临分配的那个年代，我们都很单纯，我们所接受的教育也是单向的，特别是作为军校的大学生。学员队领导教育我们要“一颗红心两种准备”，到祖国最需要的地方去。

维科是平时在队领导眼中吊儿郎当、不太遵守规矩的学生。记得有一年学校元旦联欢晚会的文艺演出中，我是报幕员，也就是现在所说的主持人，而我和维科又是我们学员队小乐队的成员，他是吉他手，我们在没有经过学员队领导允许的情况下偷偷地排练了一首当时还没有解禁的苏联歌曲《喀秋莎》，记得当时在全校礼堂演唱的时候，全场沸腾，掌声雷动，引起了一场不小的轰动，可这也给我们惹下了不小的麻烦。毕业分配的时候，维科被分配到了新疆军区。

那个年代，新疆是偏远寒冷、条件艰苦的代名词，从长春坐火车到乌鲁木齐要坐一个星期，一提起新疆我们的脑海里自然就会想起苏联的西伯利亚。

所以，那个年代大学毕业被分配到新疆的就只有两种人，一种是热血方刚、壮怀激烈想要去祖国最边远的地方干出一番伟大事业的理想主义者，另一种就是被领导视为眼中钉肉中刺、不听招呼的“坏学生”，需要分配到艰苦的地方去进行教育改造者，显然维科属于后者。而属于前者的其中就有我大学四年里关系最好、同宿舍四年的同学李延河，他是自己主动写请战书要求分配到新疆军区的，而且还在毕业典礼上被安排登上主席台慷慨激昂地做了一番宣誓。组织自然是把他作为优秀毕业生嘉奖、大力宣传的，毕业的同时就批准他入党并且在行政级别和职务上给予高定一级，我们所有同学毕业时都是二十三级正排职，而给他特定二十二级副连职，等于提前一年转正了，这也是他应得的，毕竟当时他完全可以不去新疆，而他却义无反顾地坚决要求分配到新疆去，并且实现了他的诺言一直在新疆工作至今，把青春和生命都奉献给了新疆。

毕业那年的八月，我和延河一起离开长春的学校，一起到了北京，并且在北京一起游玩了一个星期，我们在北京一起吃了第一餐洋快餐——肯德基，我们一起游览了八达岭长城、天安门、故宫……我们在北京分手后，他直接去新疆军区报到，而我回到了广东父母家里休假。

那年十月份，我在河南五十四军一六二师后勤部任助理员。突然有一天，李延河从新疆霍城部队出公差到山东，专门绕道到安阳来看我，这是我们毕业后的第一次重逢，也是我们至今为止最后一次相见，那一次在安阳我们一起度过了大概一周的快乐时光，他知道我喜欢诗歌，还专门送了一本泰戈尔的《飞鸟集》并签了名作为留念，至今这本诗集还收藏在我的书柜里。

虽然后来因为年代和距离，我和李延河同学渐行渐远失去了联系，但是对于延河同学我一直充满了思念，对当年他主动请愿的壮举充满了敬意！记得我在深圳警备区工作的时候，还专门写过一篇文章纪念毕业季里和李延河相处的故事，并发表在深圳的一家杂志上，和他相处的一幕幕至今还在脑海里成为深深的回忆。

二十世纪八十年代的往事，或许这就是我们的青春里最值得回忆的，有些人会一生都跟你在一起或者有着密切的联系，有些人走着走着就断了联系，渐渐也就忘记了，而有些人虽然渐行渐远断了联系，却一生也难以忘记。

李延河在我的生命里就属于第三种，虽然从

毕业后在安阳分手几十年没有见过面，但在我心里他依然是我的挂念，我总是在心里默默地祝福着远在新疆的那位老同学，李延河，一切安好！

这一次在日本和维科在一起的每一个夜晚，我们两个人都会找一间居酒屋，点几个小菜，他要几瓶啤酒，而我就喝清酒或者威士忌，抽着雪茄，不厌其烦地聊着大学的生活，多数时间我主要听他聊着他分配到新疆之后的生活，聊着他从新疆跑回哈尔滨后的工作，聊着他在日本几十年生活的起起伏伏……

我坐在他的面前，脑海里还原他所描述当年的每一幅场景，我仿佛看见了四十年前那个弹着吉他的英俊少年穿着军装在冰天雪地的新疆对家乡哈尔滨苦苦的思念，看见了他作为日本女婿初到异国他乡的乡下为了生活的痛苦挣扎，看见了为了改变命运从日本乡下闯荡东京在印刷厂里做排字工人不分白昼加班加点依然赚不到钱的艰辛，看见了在人潮汹涌的东京靠着卖家用电器商品赚到钱后夜夜笙歌潇洒人生的那个英俊小生，看到了经济萧条后婚姻破裂净身出户独自一人苦苦奋斗的窘迫中年，看到了尽管生活艰辛依然不屈不挠地拼搏又迎来了人生第二个春天的佐藤武志……

维科于我而言充满了故事，而这故事里又充满了神奇。

我总是在想，到底是生活改变了我们，还是我们在改变生活？而命运又是这般神奇，让我们在不同的生活轨迹里能再次相遇，尽管隔着山和海洋。

这次的十二天日本之旅，每到一处都是风和日丽、阳光灿烂，参观世界文化遗产、名胜古迹，遍尝各式地道的日本料理，饱览山水风光，每一天晚上在居酒屋里，我们哥俩把酒言欢说不完的往事不堪回首的糗事，让东瀛之旅悦目赏心又养胃，充满了欢声笑语，留下了无数张珍贵的记忆画面。

在离开东京的那一天，天公似乎也感伤了，风雨交加，雨从早上一直下到晚上登机，宛如与老同学依依惜别时的伤感之情。

这时候，我不知道怎么就突然想起了毛主席的那句诗：天若有情天亦老，人间正道是沧桑。

是不是人到中年，特别容易感伤？特别是离别的时候。

我经常这样问自己。

人生如梦，相聚总有离别时。

离别的当天，早餐是美味的怀石料理，仿佛让我们在日本的每一天的回味更加绵长。

在去机场的时候由于时间还充足，我们特意再次雨中穿行了东京的大街小巷，路过涩谷车站时，看着忠犬八公的雕像在瓢泼大雨中的情景，感觉忠犬八公的故事，在打着雨伞的人群如蘑菇花般的伞群移动跳跃之中更加让人伤感。

到了机场，四十年的同窗兄弟再留一张惜别的合影，青春年少的那个身影又一次浮现脑海、跃然心中，安检闸口里外两只手不停地挥动，不忍离别，双眼泪雨朦胧。

心中默默地祝福，保重！兄弟！樱花盛开的

时候我们再相聚，开怀畅饮，把酒言欢，老泪纵横！

果然，几个月后，我和佐藤武志又如期相见了！

二〇一九年或许注定是我和维科相聚的年份，几个月后的九月二十九日，我参加一位任高尔夫球协会主席的好兄弟组织的国庆日本高尔夫球旅行，维科恰好又专门做旅游地接生意，我就让这位兄弟关照，专门委托维科全权代理安排整个行程。整个行程中，维科充分体现了一个日本人的职业素养，尽心尽力把每一段行程都安排得严谨周到，给我们所有参加旅行的朋友留下了深刻的印象。这次旅行让我们又一次在分别几个月后再相聚，度过了一个难忘的国庆假期。